ÉLOGE

DE

MALESHERBES,

SUIVI DE NOTES HISTORIQUES.

PAR M. GANDOUARD DE MONTAURÉ.

Quæque ipse miserrima vidi.

VIRG., *Enéide*, liv. II.

A PARIS,
CHEZ PILLET AINÉ, IMPRIMEUR-LIBRAIRE,
ÉDITEUR DE LA COLLECTION DES MŒURS FRANÇAISES,
RUE CHRISTINE, N° 5.

1821.

AVANT-PROPOS.

Deux époques de ma vie laborieuse, qui m'ont fait connaître M. de Malesherbes et apprécier ses vertus, m'ont fait naître l'idée de composer son Eloge : je n'ai eu d'autre guide, dans cette tâche littéraire, que la mémoire de ses contemporains, et une notice historique qui m'a inspiré d'autant plus de confiance que M. Dubois en fut le rédacteur; ce respectable vieillard, long-tems honoré de l'amitié du vertueux magistrat, en avait suivi sans relâche les travaux administratifs et agricoles. Cette notice de l'amitié sans prétention est écrite avec la noble simplicité de l'histoire, et porte le cachet de la vérité ; aussi j'ai puisé, dans cette touchante description des mœurs de M. de Malesherbes, tous les matériaux qui pouvaient donner du charme aux chants religieux d'une muse qui s'est consacrée à rappeler le souvenir des vertus persécutées.

*

A MM. LES MAGISTRATS.

La patrie est en deuil, la terre couvre un sage;
Des peuples et des rois il mérita l'hommage.
Pour calmer nos regrets, du Nestor qui n'est plus,
Magistrats, au prétoire imitez les vertus :
MALESHERBES, des mœurs vous y donna l'exemple;
Thémis, avec orgueil, le place dans son temple.
C'est là que sa mémoire, éclairant vos travaux,
Pourra vous mettre un jour au rang de ses rivaux.
Conservant dans son cœur le feu du premier âge,
Il osa pour son roi déployer son courage;
Ce noble dévoûment de sa fidélité
L'a conduit du martyre à l'immortalité.
J'élève à ce grand homme, au nom de la patrie,
Les accens douloureux de ma muse attendrie;
Accueillez, Magistrats, d'un généreux accord,
Ces derniers chants d'un cygne au terme de sa mort!
Votre sage modèle est le dieu qui m'inspire;
Son ombre, en me guidant, électrise ma lyre :
Je l'ai vu dans le tems qu'insensible aux honneurs,
Par sa philantropie il enchaînait les cœurs,
Et qu'un peuple éclairé, jugeant son caractère,
Le croyait digne un jour d'entrer au ministère.
Parvenu sans intrigue au timon de l'Etat,
Dans le sein des grandeurs il vivait sans éclat;
Et, pour qu'un importun ne vînt pas le distraire,
Au milieu de la cour il était solitaire.
Toujours laborieux, il nous donnait l'espoir
De lui voir réparer les abus du pouvoir;
Il eût, par ses travaux, régénéré la France,
Si l'on se fût guidé par son expérience;

Mais plus il déploya ses utiles talens,
Et plus il fut en butte à tous les intrigans :
Leur brigue adulatrice et leur vaine jactance
Craignaient de la vertu la sévère influence,
Et ces caméléons, sous un règne naissant,
Egaraient la candeur d'un roi trop confiant.
Lisant dans l'avenir, ferme dans sa pensée,
Le ministre voyait la France menacée
De perdre son éclat et le rang glorieux
Qu'elle devait aux mœurs de nos braves aïeux;
Il en prévint le roi, dont l'ame généreuse
Etait loin de prévoir une époque orageuse.
En ouvrant son avis, il parla sans détour;
Mais sa noble franchise indisposa la cour.
Malesherbes, quittant les soins du ministère
Où l'intrigue entravait le bien qu'il voulait faire,
Demanda sa retraite; et, loin des malveillans,
Il se rendit sans tache au sein de ses enfans.
Devait-on l'arracher de ses foyers champêtres
Où, comme lui, sans faste ont vécu ses ancêtres?
C'est là qu'il se plaisait, de vertus escorté,
A réunir les arts dont il fut regretté.
En philantrope actif, dans son modeste asile,
Il vivait en repos, loin du bruit de la ville;
Et dans tous ses loisirs, parcourant les hameaux,
Il fit autant d'heureux qu'il avait de vassaux.
Se plaisant de sa terre à soigner l'étendue,
Il ne rougissait pas d'y mener la charrue;
Et, dans cet exercice, il rappelait le tems
Où d'illustres Romains ont labouré leurs champs.
Payons-lui, Magistrats, le tribut que sa gloire
Impose à tout Français qui lira son histoire.
En voulant vous offrir son fidèle tableau,
Dans vos pleurs et les miens j'ai trempé mon pinceau.

ÉLOGE
DE MALESHERBES.

Calme dans ses revers, l'Héritier de nos rois
Sur leur trône usurpé conservant tous ses droits,
Et voulant dans nos ports rentrer en Marc-Aurèle,
Traça dans son repos cette Charte immortelle,
Qui fut à son retour l'olivier de la paix
Et le palladium le plus cher aux Français.
Ce pacte solennel qui doit les rendre frères,
En devenant un frein pour de folles chimères,
Est le guide assuré que nos législateurs
Suivront fidèlement pour rétablir les mœurs,
En se réunissant au cri de la patrie;
Et de leur bras nerveux écrasant l'anarchie,
Ils sauront enchaîner ces orateurs fougueux
De nos troubles civils les moteurs scandaleux:
D'un peuple ami des lois ces tribuns sont la lie;
Quoiqu'au métal impur jamais l'or ne s'allie,
Ils osent lâchement souiller la liberté,
Du souffle venimeux de l'immoralité.

D'un Roi réparateur ministres dont le zèle
Surveille sans relâche une ligue rebelle,

Dans des tems orageux pour franchir un écueil
Et des agitateurs pour confondre l'orgueil,
Retracez à nos yeux un sage dont l'histoire
A la postérité conserve la mémoire.
Malesherbes n'est plus : pour le revoir encor,
Remplacez à la cour ce moderne Nestor ;
Portez-y comme lui la constante énergie
Dont sa fidélité ne s'est point démentie :
Comme vous par l'intrigue il fut calomnié,
Aujourd'hui par nos pleurs il est justifié.
Ami de son pays il en était l'idole ;
Dans la marche du tems qu'il soit votre boussole ;
En suivant ses leçons, par son ombre inspirés,
Soyez à votre tour des Français honorés ;
Ils n'oublîront jamais le magistrat fidèle
Que mes faibles pinceaux vous offrent pour modèle.
Colbert était le sien ; il savait que les arts
Sont d'un gouvernement les plus fermes remparts,
Et que l'oisiveté sur le sol qu'elle habite
Toujours lâche par goût, jalouse le mérite ;
Il aimait l'homme utile : en appui généreux,
Ses dons encourageaient l'artiste industrieux ;
Rappelant de Sulli le sage ministère,
Il voulait dans son roi que le peuple eût un père,
Que le nouvel Henri qui régnait de son tems
Dans ses heureux sujets ne vît que ses enfans.
Né d'un sang respecté dans la magistrature (*a*),
Et digne de sortir d'une source aussi pure,

Malesherbes, errant dans le fond des déserts,
Gémissait sur le sort de Louis dans les fers:
Echappé du désordre, à l'abri de l'orage,
On respectait encor ses vertus et son âge;
Des rebelles livrés à leurs excès grossiers
Du sage philantrope oubliaient les foyers,
Et leur bruyant tocsin n'avait pas sonné l'heure
Où l'on devait troubler sa paisible demeure.
Là, comme un patriarche, environné d'amis
Par d'utiles loisirs il charmait ses ennuis,
Et sur tous nos dangers sa vieillesse attendrie
S'occupait des moyens de sauver la patrie.
Toujours sensible et bon, inspiré par son cœur,
Dans ses nombreux écrits il peignait sa candeur;
Riche de souvenirs et du tems de nos pères,
Avec ordre il classa leurs vieux capitulaires,
Et, rempli de respect pour nos législateurs,
Tout le tems qu'il vécut il en suivit les mœurs:
Dans le palais des arts dont il fut le Mécènes
Il semblait Aristote aux écoles d'Athènes;
Le Parnasse moderne et celui des anciens,
Les fastes de l'histoire ornaient ses entretiens,
Et ses doctes rivaux dans notre académie
Appelaient sa mémoire une encyclopédie:
La déroulant toujours avec facilité,
Chaque trait à propos était toujours cité.
A l'époque où Thémis lui remit sa balance,
Quoique jeune son choix rassura l'innocence;

Magistrat ou ministre, et toujours Lamoignon,
La cour et le prétoire ont illustré son nom.
Sa simarre au palais fut la robe d'un sage;
La Grèce l'eût placé dans son Aréopage:
Sans faste, sans orgueil, et partout honoré,
Jamais de ses aïeux il n'a dégénéré.
Orné dans ses loisirs d'une simple parure,
Il était dans les champs l'homme de la nature,
Et souvent confondu parmi des laboureurs,
Il arrosait comme eux un sillon de ses sueurs.
Dans ses bois, ses jardins, des plantes étrangères,
De nombreux végétaux inconnus à nos pères,
Venaient s'acclimater sous ses utiles mains
Pour ajouter encor au bonheur des humains;
Et parmi les vassaux de son vaste héritage
Il faisait des essais sur l'art du labourage;
Les fermiers d'alentour, instruits par ses leçons,
Recueillaient étonnés de fertiles moissons,
Et sans cesse éclairés par son expérience
Ils tenaient dans leurs mains la corne d'abondance.
Une bêche à la main, s'il cultivait des fleurs,
La rose printanière et ses vives couleurs
Ornaient de ses jardins les riantes bordures:
Les arbustes de l'Inde y mêlaient leurs parures,
Et dans tous les massifs qu'il aimait varier
L'hortensia croissait à côté du laurier:
De son heureux canton les nymphes matinales (*b*)
Venaient les arroser de leurs mains virginales;

Pour en prendre le soin au retour du soleil
Toutes du bon vieillard prévenaient le réveil :
Il en était le père ; elles trouvaient des charmes
A veiller sur ses jours, à calmer ses alarmes,
Et rien ne leur coûtait pour aller du matin
Donner à ses rosiers la fraîcheur de leur teint ;
Il était à leurs yeux le dieu de la contrée.
Le Nestor y croyait sa retraite assurée,
Tant que pour sauve-garde il avait des pasteurs
Dont il sut chaque jour apprécier les mœurs :
Leur politique agreste était dans la nature.
Dans nos troubles civils leur conduite étant pure,
Leur bon sens méprisait ces novateurs fougueux
Qui se croyaient plus grands que n'étaient nos aïeux.
On n'y rencontrait pas ces orateurs imberbes
Qui voulaient en talens effacer Malesherbes :
Nous en voyons encor dont les fréquens écarts
Rougiraient d'écouter de modestes vieillards.
Quand le fruit n'est pas mûr, n'a-t-on pas la prudence
D'attendre les rayons du soleil qui l'avance ?
Comme les végétaux l'esprit a sa saison,
Et l'été de nos jours mûrit notre raison.
Sous le nom de Guillaume en couvrant sa naissance (*c*),
Malesherbes des rangs rapprochait la distance ;
Et quand il voyageait, vêtu modestement,
Chacun pouvait partout l'aborder librement :
Il ne s'amusait pas à recevoir des fêtes,
A d'utiles travaux il bornait ses conquêtes.

De retour dans ses champs, vivant en liberté,
Il voyait la vertu dans sa simplicité ;
Mais son cœur s'indignait qu'une horde grossière
Nous eût mis sous le joug d'un pouvoir arbitraire,
Et qu'il fût composé de ces aventuriers
Qui renversaient l'Etat pour avoir des foyers ;
Gémissant du chaos où l'on plongeait la France
Du réveil de son peuple il avait l'espérance.
Quand par un cri funèbre, échappé des enfers,
Il sut qu'un tribunal composé de pervers,
Que des juges, bourreaux dans leur affreux délire,
Avaient juré la mort du Titus de l'Empire,
Qu'altérés de son sang, ces monstres dévorans,
Du supplice d'un juste avançaient les instans ;
Que Paris, agité par des cris sanguinaires,
N'offrait plus qu'un tableau d'émeutes populaires ;
A ce bruit alarmant dont il ne put douter,
Et sur de vains remords ne devant plus compter,
En s'arrachant des bras de sa famille en larmes,
Malesherbes partit, n'ayant pas d'autres armes
Que son nom, ses vertus, sa brûlante chaleur,
Pour voler au secours d'un roi dans le malheur.
Il arrive, il obtient l'honneur de le défendre :
Dans des cachots obscurs s'empressant de se rendre,
Il parle à leurs gardiens avec la fermeté
D'un magistrat connu par sa fidélité.
A l'aspect du vieillard, tous les guichets s'ouvrirent,
Et même des geôliers les ames s'attendrirent.

Il veut revoir son roi ; ce besoin de son cœur
L'électrise, l'enflamme et lui rend sa vigueur :
Des farouches soldats la consigne sévère
N'ose point entraver son triste ministère ;
Dût-il, en l'exerçant, s'exposer à la mort,
Victime pour son prince, il eût béni son sort.
Tel on vit de Harlay, dans sa noble colère,
Opposant aux ligueurs ses vertus pour barrière,
En gourmander le chef, et par sa dignité
Le forcer à rougir de sa témérité.
Qu'au milieu d'une émeute un sage se présente,
Son regard imposant apaise la tourmente :
Malesherbes, calmant une troupe en fureur,
Pénètre dans l'enceinte où régnait la terreur.
Lorsqu'il fut introduit dans l'infâme repaire
Où tant de fils ingrats avaient traîné leur père,
Quel tableau déchirant vint s'offrir à ses yeux !
Il y trouva Louis faisant encor des vœux
Pour son peuple enchaîné par un pouvoir impie,
Même pour les bourreaux qui tourmentaient sa vie ;
Lui, dont la bienfaisance ouvrit toujours la main,
Ses dons n'étaient jamais remis au lendemain.
Dirigé par son cœur, on sait que sa clémence
Aux fers de la torture arracha l'innocence ;
Sur le trône, en bon roi s'étant toujours montré,
Quel bien n'eût-il pas fait si son règne eût duré !
Cet auguste martyr, au fond d'une retraite
Qu'entourait la rigueur d'une garde inquiète,

N'osait même à des murs confier sa douleur.
Quand il vit à ses pieds son zélé défenseur,
Il ne fut pas surpris du noble sacrifice
D'un vieillard qu'il connut fidèle à son service.
Du sage magistrat voyant couler les pleurs,
Et recevant de lui des soins consolateurs,
Louis devint plus calme ; et, dans leur entrevue,
Il ouvrit aux vertus son ame toute nue.
Malesherbes déjà connaissait sa candeur.
Au sein de ses revers, appréciant son cœur
Et le ton assuré que donne l'innocence,
Il eut de le sauver la touchante espérance.
Moderne Cicéron, l'héritier de son art,
Desèze accompagnait le courageux vieillard ;
Il était digne aussi de défendre son maître!
Des vrais Français Louis n'a pas cessé de l'être.
L'un et l'autre, liés par l'estime et les mœurs,
En rivaux généreux, on vit ces orateurs,
Pour disculper le roi travailler sans relâche :
La justice et l'honneur guidaient leur noble tâche.
Tous deux ils adoraient ce prince infortuné
Qu'ils voyaient à la mort saintement résigné.
Desèze vainement de sa mâle éloquence
Fit agir les ressorts, il fut sans influence :
Louis fut condamné! Tout son peuple attendri
N'osa de sa douleur faire entendre le cri.
De son roi, la patrie honorant la mémoire
Lui vote librement un culte expiatoire ;

Son pieux testament, l'oubli de ses malheurs,
Chaque-fois qu'il est lu, fait répandre des pleurs;
Et, près des saints autels que la foule environne,
Il est l'adieu touchant d'un père qui pardonne.

Malesherbes, fuyant d'un œil épouvanté
Le spectacle affligeant du trône ensanglanté,
Sans pouvoir nulle part affaiblir sa tristesse,
Traîna dans ses déserts sa mourante vieillesse:
Ses bois et ses jardins, le calme des hameaux,
A ses yeux presque éteints n'offraient que des tombeaux;
Ses enfans, ses amis et sa philosophie,
Ne le guérissaient pas de sa mélancolie:
L'image de son roi suivait partout ses pas;
Il marchait entouré des ombres du trépas;
Et du séjour des champs quoiqu'il connût les charmes,
Rien ne pouvait tarir la source de ses larmes.
Tandis que ses enfans lui portaient des secours,
Et qu'ils cherchaient encore à prolonger ses jours,
L'orage grossissait, et l'ange des ténèbres
Couvrait notre horizon de ses ailes funèbres;
Un deuil universel attristait nos remparts,
Et le sang à grands flots coulait de toutes parts;
Des tribuns turbulens le poumon fanatique
Criait, en la pillant: Vive la république!

L'égarement d'un peintre en guidant son pinceau
Déshonora son art, lorsque dans un tableau

Il peignit de Marat la hideuse momie.
De ce monstre expirant, on crut que l'agonie
Serait de tous nos maux le terme avant-coureur,
Quand du fond du Tartare, en soufflant sa fureur,
Son spectre des bourreaux réveilla le délire
Pour venger du Léman ce féroce satyre.
On eût dit que le Tems, complice des forfaits,
Dût frapper de sa faux l'élite des Français :
Chaque jour un brigand, guidé par son caprice,
Traînait, en l'outrageant, l'innocence au supplice ;
De son père, plus tôt pour être l'héritier,
De délateur un fils a fait l'affreux métier,
Tant par la soif de l'or l'homme se rend coupable !
Mais, la torche à la main, la Discorde implacable
N'avait pas de la foudre atteint tous les mortels ;
Dans la terreur, plus d'un mérita des autels :
Voulant sauver son fils, Loizerolles, bon père (*d*),
Pour lui sur l'échafaud termina sa carrière.
Ce trait, que la nature a pu seule inspirer,
Sur le marbre aurait dû le faire inaugurer ;
Mais il est des oublis qu'au temple de Mémoire
Répareront un jour les crayons de l'histoire.
Augran, dont les vertus honoraient le barreau (*e*),
Fut lâchement livré dans les mains d'un bourreau ;
Etait-ce là le prix de sa philantropie,
Lui qui fit tant d'heureux dans le cours de sa vie ?
Parmi tous nos martyrs, combien de magistrats (*f*)
Ont été dénoncés par des cliens ingrats !

Victimes des brigands, l'échafaud les honore,
Et dans nos souvenirs ils revivent encore.
En modeste héritier du sage Fénélon,
Charitable et paisible, un abbé de son nom,
L'instituteur zélé d'une classe indigente,
Malgré des Savoyards la démarche touchante,
Traduit au tribunal *de par la liberté*,
Sur le char de la mort s'était vu garrotté.

Malesherbes, porté sur la liste fatale,
Fut proscrit, à son tour, par la horde infernale;
Sa fille, le soutien de ses pas chancelans,
Et qui lui prodiguait des secours consolans,
Des sbires forcenés, comme lui, prisonnière,
Mourut en héroïne à côté de son père (*g*);
Et, parmi les martyrs de la fidélité,
Son époux, leurs enfans, eurent sa fermeté.
Témoin de leur supplice, étouffant sa tendresse,
L'infortuné vieillard, sans montrer de faiblesse,
Porta sur l'échafaud sa stoïque grandeur,
Et mourut sans regret, victime de l'honneur;
Il semblait éprouver le ravissant délire
De revoir sa famille, en souffrant le martyre.
Nous te verrons bientôt, magistrat immortel,
Par nos vœux réunis, élevé sur l'autel
Qu'inaugurent les arts dans un palais antique,
Comme un pieux tribut de la douleur publique.

Toi qui, si jeune encore, as connu les revers,
Et qui de ton aïeul as partagé les fers,
Rosambo, que tes soins avaient pour lui de charmes (*h*) !
Pour ne pas l'affliger, tu lui cachais tes larmes;
Et, tandis qu'il formait ta précoce raison,
Tu savais le distraire au fond de sa prison.
Oubliant tous les jeux dont s'amuse l'enfance,
Ton amour le berçait d'une douce espérance;
Et, voilant à ses yeux ton aimable gaîté,
Dans ses bras caressans ton ingénuité
Couvrait, dans les loisirs d'un riant badinage,
Des fleurs de ton printems les rides de son âge;
Et la veille où sa mort t'en rendit orphelin,
Tu semblais de ses jours embellir le déclin.
Nos cœurs, comme le tien, bénissent sa mémoire,
Et maudissent celui qui flétrirait sa gloire;
Tous ses contemporains te permettent l'orgueil
Que tu dois éprouver de l'avoir pour aïeul :
Elevé par ses soins, tu dois le reproduire;
Et, comme un bon génie, il te guide et t'inspire.
La Grèce, en le vengeant de ses persécuteurs,
L'aurait mis dans le rang de ses dieux protecteurs.
Soyons, à notre tour, dignes de ces contrées
Où l'on vit autrefois les vertus honorées;
Expions des brigands les féroces excès,
En élevant un temple au Socrate français;
Et, pour l'éterniser, plantons des élysées
Qui le rendent toujours présent à nos pensées;

Que dans le même bloc un fidèle sculpteur,
En accolant Louis avec son défenseur,
A nos yeux attendris retrace leurs images ;
Ils auront nos regrets et nos pleurs pour hommages.
Qu'ils y soient entourés des généreux martyrs (*i*)
Dont notre piété garde les souvenirs.
Nous irions visiter leur enceinte sacrée ;
L'ange exterminateur en défendrait l'entrée
Aux indignes Français, coupables d'attentats
Qui du sang le plus pur ont rougi nos climats ;
Leurs pas y souilleraient les retraites paisibles
Où la religion admet les cœurs sensibles.
Dans ce champ de repos qu'elle aime à consacrer,
Le crime audacieux ne doit pas pénétrer ;
Nous n'y verrons errer que les ombres plaintives
Des courageux martyrs immolés sur nos rives ;
Le peuple y bénira celle du bon Henri :
Il était ton modèle, infortuné Berri !
Comme lui, de la terre enlevé par un crime (*l*),
Avais-tu mérité d'en être la victime ?
L'enfer vomit encor ces monstres odieux
Qui, loin de se borner à ton sang généreux,
Par de nouveaux forfaits alarment la patrie :
Ta clémence n'a pu désarmer leur furie ;
Mais la foudre atteindra ce ramas d'intrigans
Dont l'audace s'accroît, dont les cris menaçans
Proscrivent sans pudeur l'auguste dynastie,
Par sa gloire et nos lois doublement garantie.

Que tes mânes, errant à l'ombre des cyprès,
Te rendent ici-bas témoin de nos regrets.
Dans ce palais en deuil où gémit Caroline,
Berri, viens consoler cette jeune orpheline
Qui de ton Artémise y charme les douleurs!
Dans ces lieux où ton sang se mêla dans nos pleurs,
La France t'appelait pour fêter la naissance
D'un fils dont en mourant tu donnas l'espérance;
Nos cœurs le désiraient, et nos vœux sont remplis:
Un prince à la couronne ajoute un nouveau lis.
De ton jeune héritier l'aimable avant-courrière
A l'éclat d'une Grâce à côté de son frère;
Et quand sa main le berce, on la prend à la cour,
Par son tendre enjoûment, pour la sœur de l'Amour.
Le Ciel nous le fit naître au milieu des orages;
Puisse-t-il, en rendant le calme à nos rivages,
Etre de nos accords le gage consolant!
Berri, dans ses adieux, promit ce noble enfant
Que recélait encor le sein de son amie.
Un soir, que sur sa couche elle était endormie,
Un mal avant-coureur l'avertit des instans
Qui devaient accomplir ses vœux impatiens:
Elle se lève, attend l'héritier qu'elle espère;
On vient à son secours, elle était déjà mère.
« Cette nuit a pour moi l'éclat du plus beau jour,
» Venez voir mon Henri, disait-elle à sa cour:
» Mon Charles de l'hymen me donne un nouveau gage;
» Bercé sur mes genoux, venez voir son image!

» De ce fils désiré le cri consolateur
» Déjà plus d'une fois a pénétré mon cœur,
» Et dans ses traits naissans j'ai reconnu son père :
» J'ai donc un nœud de plus qui m'attache à la terre!
» Il aimera son Dieu, sa patrie et son roi;
» Comme un preux chevalier, il s'en fera la loi.
» De sa naissance au peuple annoncez la nouvelle;
» Au sang de Henri-Quatre il fut toujours fidèle,
» J'en fais la douce épreuve; et, depuis mes malheurs,
» J'ai su de ce bon peuple attendrir tous les cœurs :
» Qu'il vienne de la cour partager l'alégresse;
» Que j'entende les cris de sa touchante ivresse! »
La foule se grossit, on ouvre son palais,
Et pour son Dieudonné tout le monde est Français.
Louis, en adoptant le fils d'une héroïne,
Bénit le successeur que le Ciel lui destine.
D'Artois, nouveau d'Albret, est son noble mentor :
Il veut que son Henri ramène l'âge d'or;
Et, pour qu'il soit un jour l'idole de la France,
De l'Hercule naissant il guidera l'enfance.

Rejeton de nos rois qu'attendait notre amour,
Sois digne du héros auquel tu dois le jour,
Et tiens lieu d'un époux à ta mère chérie;
Ta naissance est un don qu'elle offre à la patrie (*m*) :
Elevé par les soins d'un roi législateur,
De l'empire après lui prolonge le bonheur!

Sa Charte est, en régnant, ton plus bel apanage;
Sur le trône avec elle on ne craint point l'orage;
Elle est la sauve-garde et du peuple et des rois.
Imite saint Louis qui régna par les lois!
À ses moindres sujets il donnait audience,
Et les rois de son tems consultaient sa prudence.
Du père des Bourbons, Blanche guidait les pas;
Modeste dans sa cour, et fier dans les combats,
Son fils fut respecté chez un peuple barbare.
Caroline, à l'instar de Jeanne de Navarre,
A l'âge de former ta naissante valeur,
T'enverra sans regret dans les champs de l'honneur.
C'est là que, digne d'elle en imitant ton père,
Des armes tu suivras la brillante carrière.
Pour ne pas t'égarer, consulte nos guerriers,
Et dans les camps comme eux établis tes foyers;
Prends ton aïeul pour guide, et fais-en ton modèle:
A nos mœurs, à nos lois, il te rendra fidèle;
Il a l'ame française; en suivant nos drapeaux
Près de lui tu seras à ton tour un héros.
Que parmi nos Bayards ta gloire y soit sans tache;
Et le front couronné de ce noble panache
Qui guida nos aïeux dans la plaine d'Ivri,
Mérite de porter le beau nom de Henri!

NOTES.

(*a*) Né d'un sang respecté dans la magistrature.

Chrétien-Guillaume de Lamoignon de Malesherbes, premier président de la cour des aides de Paris, ensuite ministre de la cour, était fils de Guillaume de Lamoignon, chancelier de France. Le sage magistrat dont j'ose entreprendre l'éloge, qui n'est qu'un faible écho de sa renommée, était né le 6 décembre 1721; l'époque de sa naissance fut celle de la mort du fameux Cartouche. M. de Malesherbes racontait quelquefois cette anecdote bizarre avec toutes les grâces de la plaisanterie, dont il avait l'habitude, lorsqu'il se délassait de la gravité de ses hautes fonctions, sans prévoir que si Cartouche eût poussé sa carrière jusqu'en 1793, il aurait pu se trouver au nombre des juges qui ont condamné le défenseur courageux de Louis XVI à la mort.

(*b*) De son heureux canton les nymphes matinales.

M. de Malesherbes se plaisait, dans sa campagne, à cultiver les fleurs; leur éclat et leur parfum étaient une de ses jouissances favorites. Dans un bois de rosiers, auquel il donnait lui-même des soins avec le goût d'un amateur, il surprit un matin quelques jeunes filles de son canton qui prévenaient l'instant de son réveil pour lui éviter la fatigue d'un pénible exercice, et remercia les diligentes arroseuses de leur délicate attention avec ce ton d'urbanité qui lui gagnait tous les cœurs.

(*c*) Sous le nom de Guillaume en couvrant sa naissance.

M. de Malesherbes, dans ses voyages, voulait y garder le plus sévère incognito, pour se rapprocher librement et sans étiquette de toutes les classes de la société qui pouvaient lui donner des connaissances utiles, et l'enrichir de nouvelles découvertes dans l'agriculture, dont il fonda depuis une école dans son château. C'est sous le nom de *Guillaume* que sa conduite modeste fit naître l'anecdote dont l'un de nos auteurs a composé le drame touchant que l'on représente toujours au théâtre du Vaudeville avec succès, et où personne ne le voit représenté sans être attendri. Le magistrat philantrope sur ses terres était encore Guillaume en s'y confondant parmi les laboureurs, dont il partageait les travaux; il en aimait les mœurs, comme celles qui par leur simplicité rapprochent le plus les hommes de la nature.

(*d*) Voulant sauver son fils, Loizerolles, bon père.

L'héroïsme d'un père mourant pour son fils doit intéresser tous les cœurs sensibles; il faut que M. de Loizerolles, qui a miraculeusement échappé à l'échafaud, méritât, par ses bonnes qualités, le sacrifice qu'a fait pour lui son vertueux père.

J'ai moi-même éprouvé le fanatisme religieux de l'amour paternel, en plaidant, au prétendu comité de sûreté générale, la cause de ma fille, détenue comme femme d'un capitaine de cavalerie qui s'était émigré. Le mémoire hardi que je fis imprimer pour la défendre et distribuer aux membres de ce repaire infernal; le plaidoyer touchant dont je l'accompagnai, pensèrent me faire arrêter comme suspect; mais comme j'avais attendri l'homme aux soixante vertus, le terrible Vadier, qui etait le président de cette réunion de bourreaux, il me fit nommer un rapporteur avec lequel j'eus l'adresse de m'entendre et de traiter de la rançon de ma fille, que je rendis à quatre enfans en bas âge. Je sauvai en même tems dix-huit de ses complices, également arrêtés, et qui étaient aussi antirévolutionnaires qu'elle et moi.

(*e*) Augran dont les vertus honoraient le barreau.

M. Augran-Dalleray, digne d'être le successeur de M. Dargouges dans les hautes fonctions de lieutenant civil au Châtelet de Paris, s'attendrissait chaque fois qu'une troupe de recors traînaient à son tribunal en référé des prisonniers pour dettes. Si la sévérité des lois obligeait ce juge intègre de prononcer leur détention, combien sa bienfaisance est souvent venue au secours des malheureux pères de famille dont il s'empressait d'acquitter à ses frais les engagemens, même avant leur écrou. Respecté comme magistrat, par une conduite pure et modeste, son nom mérite de figurer dans l'histoire avec ceux du chancelier de Lhôpital, de Harlay, de Molé, d'Aguesseau, de Talon, et du vertueux Malesherbes.

Il fut pleuré dans ses terres par tous ses vassaux, comme un père dont les bienfaits étaient intarissables. On prétend que c'est par un motif de vengeance que Fouquier de Tainville, le ministre de la terreur, fit arrêter ce magistrat qui l'avait chassé du Châtelet, et qu'il colora sa haine du prétexte d'avoir envoyé des secours à ses enfans dans leur émigration. Aussi M. Augran, dans le moment où son jugement fut prononcé, dit à ses juges ces mots touchans : *Il n'y a donc point de pères parmi vous, en me condamnant à la mort pour avoir rempli les devoirs que m'imposait la nature?*

(*f*) Parmi tous nos martyrs combien de magistrats.

Si je pouvais découvrir la tombe de M. d'Ormesson de Noiseau, j'aurais la religion de l'arroser de mes pleurs : j'étais son ami depuis l'enfance. Son père, premier président du parlement de Paris, et son oncle, conseiller d'état, avaient recommandé mon éducation au collége de Louis-le-Grand ; il n'y a pas de bontés dont je n'aie été comblé par cette respectable famille. Je vivais dans la plus intime liaison avec M. de Noiseau, dont les vertus n'avaient pas dégénéré de celles de son aïeul qui fut un des juges du surintendant Fouquet. J'ai vu ce magistrat jusqu'à l'avant-veille de sa mort ;

ce fut un raffinement de barbarie de la part de ses bourreaux que de l'avoir fait traîner à l'échafaud sur un matelas, étant perclus par suite de son ankilose : il restera dans mon souvenir jusqu'au dernier jour de ma vie.

(g) Mourut en héroïne à côté de son père.

Madame de Rosambo était l'une des filles de M. de Malesherbes, qui lui ressemblait autant par les mœurs que par les traits. Elle fut arrêtée en même tems que son vertueux père, ainsi que son époux, sa fille et son gendre. Cette héroïne française, quelque tems avant d'aller au supplice, rencontra dans sa prison mademoiselle de Sombreuil, à laquelle sa pieuse résignation adressa ces paroles touchantes : *Vous avez eu la gloire de sauver votre père; j'ai du moins la consolation de mourir avec le mien.*

« Vouloir peindre la situation de l'ame de Malesherbes » (raconte l'auteur de sa notice) au milieu de sa famille » et des atrocités dont il était la victime, et caractériser » la cruauté recherchée de ses bourreaux qui le forcent » à être le témoin de la perte de ceux pour lesquels il » aurait sacrifié mille fois sa vie, donner une idée de la » fureur des cannibales qui éteignent sans pitié trois » générations, et de la profonde douleur de trois en» fans infortunés qui survivent à leurs vertueux parens, » c'est une tâche pénible, au dessus des forces de » l'homme sensible. »

M. A. Ségur a peint ce déchirant tableau dans une

pièce de vers intitulée : *Ma Prison*, dont je me plais à donner l'extrait qui suit :

« Quel est donc ce vieillard, et par quelle injustice?
» Malesherbes, c'est toi qu'on entraine au supplice!
» Ta fille y marche aussi! son époux, leurs enfans,
» Sont frappés à la fois l'un sur l'autre expirans!
» Trois générations s'éteignent comme une ombre.
» Homme pur, calme-toi dans la demeure sombre!
» Qui connut tes vertus pour toujours est en deuil :
» La tendre humanité gémit sur ton cercueil;
» Tes bourreaux sont flétris, ta mémoire est chérie;
» L'honneur de ton supplice a couronné ta vie. »

A cette touchante description M. Dubois ajoute : « Elle allait se terminer cette vie si précieuse aux amis » du bien et de l'humanité, et Malesherbes se montre » encore lui-même : il avait payé à la nature le tribut » que lui devait sa sensibilité, il avait prodigué à ses » enfans les encouragemens si nécessaires dans leur af- » freuse position; il veut leur donner encore l'exemple » de la force de l'homme de bien qui lutte avec la mort : » il le donne avec ce calme sublime qui le caractérisa » toujours, même au milieu des souffrances. Ses mains » sont liées, il s'achemine vers le tombeau; déjà il al- » lait franchir le seuil de sa prison pour monter sur la » fatale charrette qui l'attendait; et comme il s'entrete- » nait avec ceux qui bordaient son passage, ses yeux, » naturellement faibles, et dont l'un clignotait sans » cesse, n'aperçoivent point les obstacles qui sont de- » vant lui, son pied mal assuré heurte contre une pierre » qu'il rencontre et qui manque de le renverser : *Voilà*,

» dit Malesherbes, *ce qui s'appelle* un mauvais présage ;
» *un Romain à ma place serait rentré;* et il continua sa
» marche en riant. Cette gaîté inaltérable, qui formait
» la base de son caractère, ne se démentit jamais; ce-
» pendant il était né sensible et courageux : l'empresse-
» ment qu'il mit à défendre Louis XVI, dans le mo-
» ment où il eut connaissance du décret qui l'appelait
» à la barre de la Convention, malgré le danger où l'ex-
» posait son courage, lui fit quitter sa solitude pour
» aller remplir un pieux devoir; et il ne fut pas plus tôt
» arrivé à Paris, qu'il écrivit au président de l'assem-
» blée pour obtenir la faveur de défendre son roi. »

Lettre de M. de Malesherbes.

Paris, le 11 décembre (an 1er de la république).

« J'ignore si la Convention nationale donnera à
» Louis XVI un conseil pour le défendre, et si elle
» lui en laissera le choix; dans ce cas-là je désire que
» Louis XVI sache que s'il me choisit pour cette fonc-
» tion, je suis prêt à m'y dévouer.

» Je ne vous demande pas de faire part à la Conven-
» tion de mon offre, car je suis bien éloigné de me
» croire un personnage assez important pour qu'elle
» s'occupe de moi; mais j'ai été appelé deux fois au
» conseil de celui qui fut mon maître dans le tems que
» cette fonction était ambitionnée par tout le monde,
» je lui dois le même service lorsque c'est une fonction
» que bien des gens trouvent dangereuse. Si je connais-
» sais un moyen possible pour lui faire connaître mes

» dispositions, je ne prendrais pas la liberté de m'a-
» dresser à vous.

» J'ai pensé que dans la place que vous occupez vous » aurez plus de moyens que personne pour lui faire » passer cet avis.

» Je suis avec respect, etc. »

Cette lettre, monument éternel de son courage et la preuve de sa constante fidélité pour le roi, méritera sans doute de figurer dans les plus belles pages de l'histoire; elle porte l'empreinte non équivoque du sentiment moral qui l'a dictée, et de la modestie de son auteur.

(*h*) Rosambo, que tes soins avaient pour lui de charmes!

Parmi tous les petits-enfans du patriarche de la magistrature qui furent arrêtés en même tems que lui et disséminés dans différentes prisons, Louis Lepelletier de Rosambo fut le seul qui obtint la faveur d'accompagner son aïeul à la maison d'arrêt des Madelonnettes. Pour peindre les soins religieux que ce courageux enfant eut pour lui dans sa détention, voici dans quels termes s'exprime l'auteur de la notice :

« O toi, jeune infortuné, qu'un âge voisin de l'en» fance n'a pu garantir de la proscription, tu entres » pour la première fois dans la carrière du malheur; » pour la première fois ton cœur sensible, frappé dans » ce qu'il a de plus cher, éclaire ta raison naissante; tu » sens qu'avant de te plaindre de l'injustice qui t'op» prime tu as des devoirs à remplir; et si tu ne peux en

» même tems adoucir la captivité des parens que tu » adores, tu te consoles par les soins assidus que tu » rends à ton vénérable aïeul dont tu partages la déten- » tion! Tu l'as vu cet homme de bien aux prises avec le » malheur : dis-nous si les fers de la tyrannie altérèrent » jamais la sérénité de son ame; changea-t-il un seul » instant d'humeur et d'occupations? les objets de ses » études ne furent-ils pas constamment les mêmes? ne » travaillait-il pas sans cesse à mettre en ordre les idées » de bien public qu'il concevait? Son exemple t'a ap- » pris sans doute que le bon citoyen, celui qui aime » véritablement sa patrie, peut bien éprouver l'injus- » tice et l'ingratitude de ceux dont il veut le bonheur, » mais qu'il ne pense à se venger que par de nouveaux » bienfaits; il t'a appris en même tems que l'homme » de bien, malheureux, trouve ses plus douces conso- » lations dans le témoignage de sa conscience et les » sentimens de la nature. C'était une consolation réelle » pour lui de voir à ses côtés un enfant qu'il chéris- » sait, et d'apercevoir dans sa conduite et son courage » le germe des espérances qu'il donnait pour l'avenir. »

(*i*) Qu'ils y soient entourés des généreux martyrs.

Dans l'élysée que je propose d'établir à la mémoire de Louis XVI et de M. de Malesherbes, comme un monument expiatoire, les nombreux martyrs de la religion et du trône figureraient avec honneur dans cette promenade funèbre; M. le marquis de Lescure, les braves frères de la Roche-Jacquelein, le fidèle Charrette, et tous leurs frères d'armes, s'y verraient avec un religieux intérêt; le vertueux Augran-Dalleray, M. de Loizerolles et le charitable abbé de Fénélon, ne dépareraient pas l'établissement pieux consacré à nos souvenirs.

(*l*) Comme lui de la terre enlevé par un crime.

J'avais traîné ma vieillesse et mes infirmités dans le faubourg Saint-Denis pour rendre mes pieux devoirs aux dépouilles mortelles de S. A. R. Mgr le duc de Berri, le jour où elles furent transférées dans le tombeau des rois ses ancêtres. Le spectacle déchirant du peuple en larmes qui suivait son convoi m'inspira les stances suivantes, que j'eus la discrétion de ne pas faire parvenir à l'auguste veuve, par un ménagement respectueux dans sa douleur. Je me permis seulement l'honneur de les adresser à S. A. R. Mgr le duc d'Angoulême, qui a eu la généreuse bonté de m'en faire remercier par son secrétaire.

STANCES

SUR LA MORT DE S. A. R. MGR LE DUC DE BERRI.

AIR : *O toi qui n'eus jamais dû naître.*

La liberté qu'on idolâtre,
Et dont nos lois sont les remparts,
Deviendrait-elle une marâtre
Dont les mains s'arment de poignards?
    Dans leur repaire,
    De leur chimère

Nous menacent les turbulens.
De l'anarchie,
Cette furie,
On entend siffler les serpens.

A l'amour de sa jeune amie
Un forfait enleva Berri :
Prince adoré pendant sa vie,
Il eut le sort du bon Henri :
Toute la France
Cria vengeance
Au premier bruit de son malheur ;
Et l'indigence,
Sans espérance,
Jeta le cri de la douleur.

Rejeton d'une auguste race,
S'en montrant le digne héritier,
Berri voulait que l'on fit grâce
Et qu'on sauvât son meurtrier.
Dans sa souffrance,
Tant de clémence
N'étonne pas dans un Bourbon.
Des mains du crime,
Noble victime,
Ton premier vœu fut un pardon !

Paris, en lugubre cortége,
Dans les larmes porte ton deuil.
Fallait-il qu'un fer sacrilége
Nous fit gémir sur ton cercueil ?
Des basiliques,
De saints cantiques
Vers toi s'élèvent jusqu'aux cieux ;
Et sur nos rives,

Nos voix plaintives
Te font leurs déchirans adieux !

Depuis ta perte, Caroline
Dans son cœur t'élève un tombeau ;
Quels cris touchans ton orpheline
Fait entendre de son berceau !
Leur infortune
Nous est commune :
Elle est celle de tous les cœurs ;
Et sur la terre,
Ton noble père
Dans ton sang y mêle ses pleurs !

Du sein de ta jeune Artémise
Ton adieu trahit le secret,
Et dans ta royale franchise
Tu nous a promis ton portrait.
Cette promesse
De l'alégresse
Nous fait augurer le retour :
Nous verrons naître
Un jeune maître
Comme un gage de ton amour.

O toi, princesse infortunée,
Dont les chaînes furent des fleurs,
Qui, par les soins de l'hyménée,
Va nous combler d'autres faveurs,
La France entière,
Dans sa prière
Au Ciel adressant tous ses vœux,
Bientôt espère
Te voir la mère
D'un jeune Henri pour nos neveux.

ADIEUX

DE S. A. R. Mgr LE DUC DE BERRI

A SON AUGUSTE COMPAGNE.

AIR : *Un soldat par un coup funeste.*

Séparons-nous, ma noble amie,
De mes jours s'éteint le flambeau;
D'un Ravaillac le fer impie,
Sans remords, creuse mon tombeau!
Je te laisse, ma Caroline,
Comme un ange consolateur,
Notre jeune et tendre orpheline
Qui pour t'aimer aura mon cœur.

Si dans ton sein l'amour recèle
Un fils du malheureux Berri,
D'Angoulême, en tuteur fidèle,
Formera notre jeune Henri.
Nous nous aimions en frères d'armes,
Et tous ses goûts étaient les miens;
La tendre amitié de ses charmes
Embellissait nos doux liens.

Faut-il que le sort m'en sépare,
Près de le suivre au champ d'honneur;
Que d'un fanatisme barbare
J'éprouve aujourd'hui la fureur!
Dans le danger qui nous menace,
J'eusse accompagné nos guerriers;
Je me sentais la noble audace
D'aller partager leurs lauriers.

Je laisse la France agitée,
Le trône assis sur des volcans;
Ma famille est persécutée
Par une horde d'intrigans.
Dieu vengeur, protège le sage
Que tu rendis à tous les vœux!
Depuis qu'il a son héritage,
Son cœur n'y fait que des heureux.

Sauve les jours de mon père!
Tous les pauvres sont ses enfans:
De ceux de son fils sur la terre
Il guidera les pas naissans.
Mon ombre, en fidèle génie,
En répond à tous les Français:
Il est fidèle à la patrie
Par son amour et ses bienfaits.

Veille sur l'auguste captive
Dont ton pouvoir brisa les fers;
Pour calmer mon ombre plaintive,
Evite-lui d'autres revers!
Que je sois la seule victime
Qui garantisse l'avenir!
Si ma mort désarme le crime,
Je m'applaudis d'être martyr.

Ma Caroline, un Dieu m'appelle;
Nos aïeux me tendent les bras;
Que je presse ta main fidèle,
Avant l'heure de mon trépas!
En descendant dans l'Elysée,
Où tu viendras me joindre un jour,
Je n'aurai pas d'autre pensée
Qu'un souvenir de notre amour.

(*m*) Ta naissance est un don qu'elle offre à la patrie.

C'est la pensée d'une héroïne que celle d'associer à son ivresse maternelle celle de la patrie, d'inviter toute sa population et ses premières autorités, ainsi que l'armée, à faire partie de la fête solennelle où S. A. R. Mgr le duc de Bordeaux vient d'adopter le culte de ses ancêtres. Puisse l'époque de cette auguste réunion du trône et du peuple, dont nos annales vont s'ennoblir, être en même tems la consolante occasion de voir tous les Français comme autant de frères! Il serait digne d'eux d'ajouter au miracle de la naissance du jeune héritier de nos rois celui d'une réconciliation générale. *Nunc dimittis servum tuum, Domine*, puisque j'ai vu la fête de tous les cœurs, et que ma muse octogénaire a chanté des couplets à l'occasion de notre jeune Henri.

AIR : *Mon père était pot.*

Un nouvel Henri nous est né,
La France est en goguettes;
Il est venu ce Dieudonné
Sans tambours ni trompettes.
D'un héros naissant,
Comme lestement
Accoucha Caroline;
Son jeune lutin
S'est pris du matin
Pour naître à la sourdine.

Le peuple l'a vu baptiser
Dans un joyeux délire;

D'amour il va rivaliser
Pour notre jeune sire.
Vivons tous en paix,
Ayons des Français
L'antique renommée,
Puisque sur les fonts
L'enfant des Bourbons
Pour marraine eut l'armée.

C'est dans le fleuve de l'oubli
Qu'on prit l'eau du baptême ;
Le passé n'est enseveli
Que pour que chacun s'aime.
De nos bons aïeux,
Pour nous rendre heureux,
Suivons les vieux usages :
Les jeux et les ris,
Enfans de Paris,
N'aiment pas les orages.

Henri met nos têtes en l'air ;
On chante, on s'évertue ;
Partout l'amour, comme un éclair,
Répand sa bienvenue :
Dans chaque cité,
La franche gaîté
Y confond tous les âges ;
Et de tous côtés,
De jeunes beautés
Font danser les plus sages.

Paris, dans ses vastes remparts,
Des cœurs chôme la fête ;
La France y vient de toutes parts ;
Un grand festin s'apprête :

Par de doux accords,
Couvrons-y les torts
Qu'enfantent les chimères;
Cessons nos débats;
Ne sommes-nous pas
Sous les mêmes bannières?

L'Amour et les Grâces ses sœurs,
D'un noble fils de France,
Vont par des lisières de fleurs
Bientôt guider l'enfance.
Les preux de nos jours
De nos troubadours
Ont remonté la lyre;
Pour le jeune Henri,
Ce prince chéri,
Sa mère les inspire.

L'aïeul de ce royal enfant,
Dans sa française ivresse,
Verra le tableau consolant
D'une vive alégresse;
Un doux avenir
Va le rajeunir:
Son Henri l'émoustille;
Et, dans ce beau jour,
Le peuple et la cour
Y vivent en famille.

En portant la santé du roi,
On boit à la patrie;
Et d'un Français de bon aloi
L'honneur les associe.
Guidés par nos cœurs,
Conservons nos mœurs:

Ils ont fait notre gloire.
Que, pour les Bourbons
Et leurs rejetons,
L'Amour nous verse à boire.

FIN.

DE L'IMPRIMERIE DE PILLET AÎNÉ, RUE CHRISTINE, N° 5.

www.ingramcontent.com/pod-product-compliance
Ingram Content Group UK Ltd.
Pitfield, Milton Keynes, MK11 3LW, UK
UKHW021958260726
13994UKWH00004B/1833

9 782019 720872